THE LIZARD and the SUN

LA LAGARTIJA y el SOL

Alma Flor Ada

THE LIZARD and the SUN

LA LAGARTIJA y el SOL

Illustrated by / Ilustrado por FELIPE DÁVALOS

Translated by / Traducido por
Rosalma Zubizarreta

DRAGONFLY BOOKS 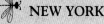 NEW YORK

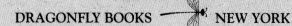

All rights reserved. Published in the United States by Dragonfly Books, an imprint of
Random House Children's Books, a division of Random House, Inc., New York.
Originally published in hardcover in the United States by Doubleday Books, an imprint of
Random House Children's Books, a division of Random House, Inc., New York, in 1997.

Dragonfly Books with the colophon is a registered trademark of Random House, Inc.

Visit us on the Web! www.randomhouse.com/kids

Educators and librarians, for a variety of teaching tools, visit us at
www.randomhouse.com/teachers

The Library of Congress has cataloged the hardcover edition of this work as follows:
Ada, Alma Flor.
[Largartija y el sol. English & Spanish]
The lizard and the sun: an old Mexican folktale / as told by Alma Flor Ada ; translated
to English by Rosalma Zubizarreta ; illustrated by Felipe Dávalos.
p. cm.
In English and accompanied by the version in Spanish: La lagartija y el sol.
Summary: A traditional Mexican folktale in which a faithful lizard finds the sun
which brings light and warmth back to the world.
ISBN 978-0-385-32121-1 (alk. paper)
[1. Folklore—Mexico. 2. Spanish language materials—Bilingual.]
I. Zubizarreta, Rosa (Rosalma). II. Dávalos, Felipe, ill. III. Title.
PZ74.1 .A258 1997
[E]—dc20
95053283

ISBN 978-0-440-41531-2 (pbk.)

MANUFACTURED IN CHINA

23 22 21 20 19

To you, Quica, lover of legends and of the sun.
Para ti, Quica, que amas las leyendas y el sol.

—A. F. A.

The whole world knows that the sun comes out every day. Some days, it shines brightly in a clear blue sky. Other days, clouds cover the sun and its light is much paler. When the clouds let loose their load of rain, the sun disappears behind a curtain of water. There are places where it snows. During a snowstorm, the sun also stays hidden. But even when clouds, rain, or snow hide the sun, we know that it's still there. The story I am going to tell you happened a long long time ago, when the sun had really disappeared.

*T*odo el mundo sabe que el sol sale cada día. Algunos días, brilla con fuerza en el cielo azul y sin nubes. Otros, las nubes lo cubren y su luz es mucho más débil. Cuando las nubes sueltan su carga de lluvia, el sol desaparece detrás de una cortina de agua. Hay lugares donde nieva. Durante las nevadas el sol también permanece oculto. Pero aun cuando las nubes, la lluvia o la nieve pueden ocultar el sol, sabemos que todavía está allí. El cuento que voy a contarte ocurrió hace mucho, mucho tiempo cuando el sol desapareció de verdad.

It had been many days since the sun had come out. Everything was dark. All of the plants, the animals, and the people were waiting anxiously for the sun to appear. But the sun did not come out, and everything remained in darkness.

The people were cold. The birds had stopped singing, and the children had stopped playing. Everyone was worried and afraid, for this had never happened before.

Hacía muchos días que el sol no había salido. Todo estaba oscuro. Todas las plantas, los animales y las personas esperaban ansiosos que el sol apareciera. Pero el sol no salía y todo estaba en tinieblas.

La gente tenía frío. Los pájaros habían dejado de cantar y los niños habían dejado de jugar. Todos estaban asustados y temerosos, porque jamás había ocurrido algo así.

The animals decided to go out in search of the sun. The fish
and the turtles looked in the rivers and lakes. But the sun was
not there.

The green frogs and the wide-mouthed toads looked through
all the puddles. But the sun was not there.

The deer and the squirrels searched through the forests.
But the sun was not there.

The rabbits and the hares searched through the fields. The
jaguar searched through the green jungle, where he lives. But
the sun was nowhere to be found.

Los animales decidieron salir en busca del sol. Los peces
y las tortugas buscaron en los ríos y los lagos. Pero el sol no
estaba allí.

Las verdes ranas y los sapos de grandes bocazas miraron en
los charcos. Pero el sol no estaba allí.

Los venados y las ardillas buscaron en los bosques. Pero el
sol no estaba allí.

Los conejos y las liebres buscaron en las praderas. El jaguar
buscó en la espesura de la selva verde, donde habita. Pero el sol
no aparecía por ninguna parte.

The birds searched through the branches where they had made their nests. And the majestic eagle flew over the mountaintops and the cones of the volcanoes. But no one could find the sun. And little by little, all of the animals stopped looking. All of them except for the lizard.

The lizard kept on looking for the sun. She climbed rocks, scurried up tree trunks, and peered under leaves, searching, always searching.

Los pájaros buscaron en las ramas donde habían hecho sus nidos. Y el águila majestuosa voló sobre las cimas de las montañas y las cúspides de los volcanes. Pero nadie podía encontrar al sol. Y poquito a poco, todos los animales abandonaron la búsqueda. Todos, excepto la lagartija.

La lagartija siguió buscando al sol. Se trepó a las rocas, se escurrió por los troncos de los árboles y escudriñó debajo de las hojas, buscando, siempre buscando.

Finally, one day, she saw something very strange. She was
scampering over some rocks when she saw that one of them
was shining as though it had a light inside.

The lizard had seen many rocks in her life. She had seen
rocks that were smooth and polished, and rocks that were rough
and sharp. She had seen shiny gray rocks and dull dark ones.
But she had never seen a rock that shone as much as this one
did. It shone so brightly that it seemed to glow. So with great
excitement, the lizard ran off to the city to share her discovery.

Y por fin, un día, vio algo muy extraño. Andaba sobre unas rocas cuando vio que una de ellas brillaba, como si tuviera una luz adentro.

La lagartija había visto muchas rocas en su vida. Había visto rocas lisas y pulidas, y rocas ásperas y agudas. Había visto brillantes rocas grises y rocas oscuras y opacas. Pero nunca había visto una roca que brillara tanto como ésta. Brillaba con tanta fuerza que parecía resplandecer. Y con gran entusiasmo, la lagartija corrió a la ciudad a compartir su descubrimiento.

At last the lizard reached the city. Even though there had been no sunlight for many days, the people had kept on working. The barges floated softly on the waters of the lagoon, laden with fruits and flowers. In the enormous marketplace, the vendors had laid out their wares on beautiful woven blankets. The pyramids of fruits and vegetables looked like tiny copies of the great stone pyramids that loomed over the city.

Por fin la lagartija llegó a la ciudad. Aunque no había habido luz del sol por muchos días, las gentes habían seguido trabajando. Las balsas flotaban suavemente sobre las aguas de la laguna, cargadas con frutas y flores. En la enorme plaza del mercado, los vendedores habían colocado sus mercancías sobre hermosos sarapes tejidos. Las pirámides de frutas y de vegetales lucían como réplicas de las grandes pirámides de piedra que se erguían sobre la ciudad.

But without the sun's light, no one could see the brilliant colors of the peppers and tomatoes, the beautiful deep colors of the blankets and shawls. Instead, the flickering torches that lit the marketplace cast deep shadows. And instead of the cheerful bustle of people buying and selling and having a good time, there was a low murmur of worried voices wondering how long this endless night might last.

Pero sin la luz del sol nadie podía ver los brillantes colores de los pimientos y tomates, los hermosos colores profundos de las frazadas y sarapes. En cambio, las antorchas parpadeantes que alumbraban el mercado creaban sombras profundas. Y, en lugar del bullicio alegre de compradores y vendedores pasándolo bien, se oía el murmullo de voces preocupadas preguntándose cuánto duraría esta noche interminable.

The lizard did not stop to look at the barges or at the market's wares. She did not stop to look at the silent crowd that walked through the plaza. Instead, she headed straight for the grand palace and did not stop until she was in front of the throne.

Here, by the dim light of the torches, the lizard saw the great emperor. He wore sandals made of gold and a tall crown made of beautiful feathers.

"Sir, I have seen a rock which shone with a strange light," said the lizard.

"Move the rock, so you can see why it shines," ordered the emperor.

La lagartija no se detuvo a mirar las barcas ni las mercancías en el mercado. No se detuvo a mirar la callada muchedumbre que caminaba por la plaza. En cambio, se dirigió directamente al palacio mayor, y no se detuvo hasta que estuvo frente al trono.

Aquí bajo la luz tenue de las antorchas la lagartija vio al gran emperador. Llevaba sandalias de oro y una alta corona de bellas plumas.

—Señor, he visto una roca que brillaba con una luz extraña —dijo la lagartija.

—Mueve la roca, para que averigües por qué brilla —ordenó el emperador.

The lizard did what the emperor had commanded. She returned to where the rock lay and tried to move it. She tried to push it with her two front legs and then with her two hind legs. But the rock did not move. At last the lizard pushed the rock with her whole body. But the rock would not budge.

La lagartija hizo lo que el emperador le había ordenado.
Regresó a donde se encontraba la roca y trató de moverla. Trató
de empujarla con sus dos patas delanteras y luego con sus dos
patas traseras. Pero la roca no se movió. Por fin, la lagartija
empujó la roca con todo su cuerpo. Pero la roca no se movió.

There was nothing left for the lizard to do but go back to the city. She crossed one of the wide bridges, passed by the marketplace, arrived at the grand palace, and went straight to see the emperor.

She found him sitting on the same throne, surrounded by the smoke of the torches.

"I'm very sorry, sir," she said. "I did everything I could, but I could not move the rock."

A la lagartija no le quedó otro remedio que regresar a la ciudad. Cruzó uno de los amplios puentes, pasó el mercado, llegó al palacio mayor y se fue directamente a ver al emperador.

Lo encontró sentado en el mismo trono, rodeado por el humo de las antorchas.

—Lo siento, Señor —le dijo. —Hice todo lo que pude, pero no pude mover la roca.

The emperor wanted very much to see this glowing rock, so he decided to go back with the lizard. But first he called for the woodpecker.

"I want you to come with us," the emperor said to the woodpecker.

And so the three of them, the emperor, the lizard, and the woodpecker, went to see the glowing rock.

El emperador quería ver la roca resplandeciente, así que decidió regresar con la lagartija. Pero primero llamó al pájaro carpintero:

—Quiero que nos acompañes —le dijo el emperador al pájaro carpintero.

Y así los tres, el emperador, la lagartija y el pájaro carpintero se fueron a ver la roca resplandeciente.

When they reached the rock, the emperor said to the woodpecker, "I want you to hit that rock hard with your beak."

The woodpecker obeyed the emperor. He gave the rock a sharp peck with his strong break, and the rock split open. And inside the rock was the sun, all curled up and fast asleep.

Cuando llegaron a la roca, el emperador le dijo al pájaro
carpintero: —Quiero que golpees esta roca fuertemente con el pico.

El carpintero obedeció al emperador. Le dio un gran picotazo a la
roca, con su fuerte pico, y la roca se rajó. Y dentro de la roca estaba el
sol, todo acurrucado y dormido.

The emperor was very happy to see the sun again. The world had been very cold and dark without him.

"Wake him up, woodpecker," ordered the emperor.

And the woodpecker pecked several times on the rock.

Tock, tock, tock, went the woodpecker's beak as it struck the hard rock. The sun opened one eye, but he immediately closed it again and went right on sleeping.

El emperador se alegró mucho de ver de nuevo al sol. El mundo había estado muy frío y oscuro sin él.

—Despiértalo, carpintero —ordenó el emperador.

Y el pájaro carpintero golpeó la roca varias veces.

Toc, toc, toc, sonó el pico del pájaro carpintero al golpear la dura roca. El sol abrió un ojo, pero inmediatamente lo volvió a cerrar y siguió durmiendo.

"Wake up, Sun," said the lizard. "All of the animals have been looking for you."

But the sun did not answer. He just stretched a bit and went on sleeping.

"Wake up, Sun," said the woodpecker. "All of the birds have been waiting for you."

But the sun yawned an enormous yawn and kept on sleeping.

"Get up, Sun," said the emperor. "The entire city needs you."

But the sun just said, "Leave me in peace. I want to sleep."

—Despiértate, Sol —dijo la lagartija. —Todos los animales te han estado buscando.

Pero el sol no respondió. Sólo se estiró un poco y siguió durmiendo.

—Despiértate, Sol —dijo el pájaro carpintero. —Todos los pájaros te están esperando.

Pero el sol lanzó un enorme bostezo y siguió durmiendo.

—Levántate, Sol —dijo el emperador. —Toda la ciudad te necesita.

Pero el sol sólo respondió: —Déjenme en paz. Quiero dormir.

The emperor knew that he had to do something. Without the sun, the plants could not grow, and his people would not have any food to eat. Without the sun, the children could not go out to play, the birds could not come out to sing, and the flowers would not bloom.

So the emperor said to the sun, "Wouldn't you like to see some beautiful dances? I will ask the finest musicians and dancers to play and dance for you. That will help you wake up."

"Well, if you want me to wake up, ask them to start playing their liveliest music, and to keep right on playing and dancing," answered the sun.

El emperador comprendió que necesitaba actuar. Sin el sol las plantas no crecerían y su pueblo no tendría alimento. Sin el sol, los niños no podrían salir a jugar, los pájaros no podrían salir a cantar y las flores no florecerían.

Así que el emperador le dijo al sol:

—¿No te gustaría ver hermosos bailes? Les pediré a los mejores músicos y bailarines que toquen y bailen para ti. Eso te ayudará a despertar.

—Bueno, si quieren que me despierte, que empiecen a tocar la música más alegre y que no paren de tocar y de bailar, —respondió el sol.

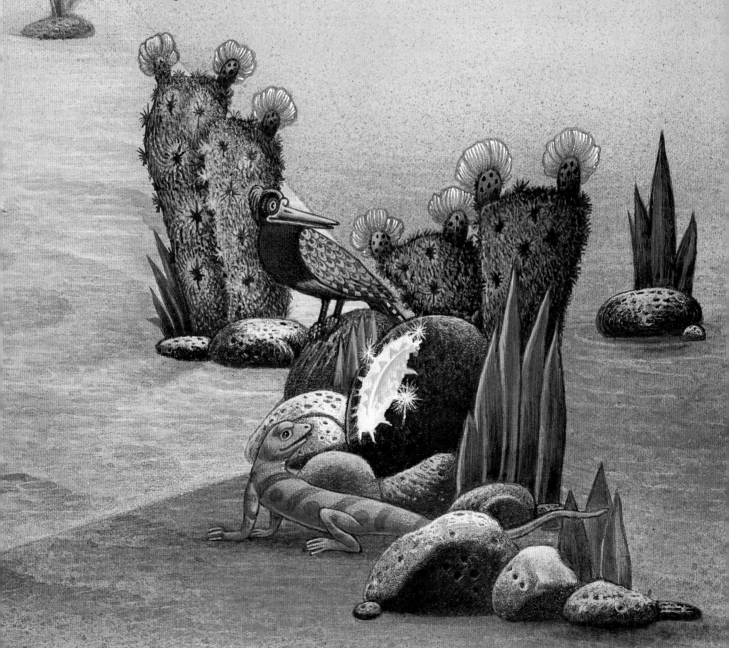

So the emperor called for the finest dancers and musicians.
The dancers, all adorned with beautiful feathers of many colors,
danced in the plaza in front of the highest pyramid. The loud,
joyful music played on and on, and the sun woke up, climbed to
the highest point in the sky, and shone down over everyone,
lighting the whole earth.

Así que el emperador llamó a los mejores bailarines y músicos. Los bailarines, adornados con hermosas plumas de muchos colores, bailaron en la playa frente a la pirámide más alta. La alegre música sonó y sonó con fuerza, y el sol se despertó, subió al punto más alto en el cielo y alumbró sobre todos, iluminando toda la tierra.

The emperor called for the emerald-colored lizard. He put
her on the palm of his hand, and thanked her for having helped
to find the sun. Then he called for the red-breasted woodpecker.
He asked him to stand on his shoulder, and thanked him for
having helped to wake up the sun.

Every year from then on, the emperor organized a great
feast, with joyful music and beautiful dances, so that the sun
would never again fall asleep, hidden away inside a rock.

El emperador hizo llamar a la lagartija color esmeralda. Se la puso en la palma de la mano y le agradeció haberlo ayudado a encontrar al sol. Luego llamó al carpintero de pecho rojo. Le pidió que se le posara en el hombro y le agradeció el haber ayudado a despertar al sol.

Desde entonces, cada año, el emperador organizó una gran fiesta, con alegre música y hermosos bailes, para que el sol nunca más se quedara dormido, escondido dentro de una roca.

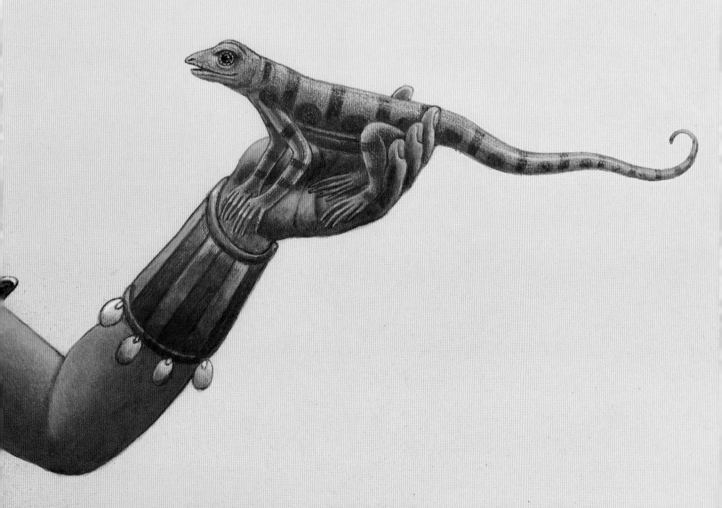

And since that day, all lizards love to lie in the sun. They like to remember the day when one of their own found the sun's hiding place and helped bring him back to give light and warmth to everyone.

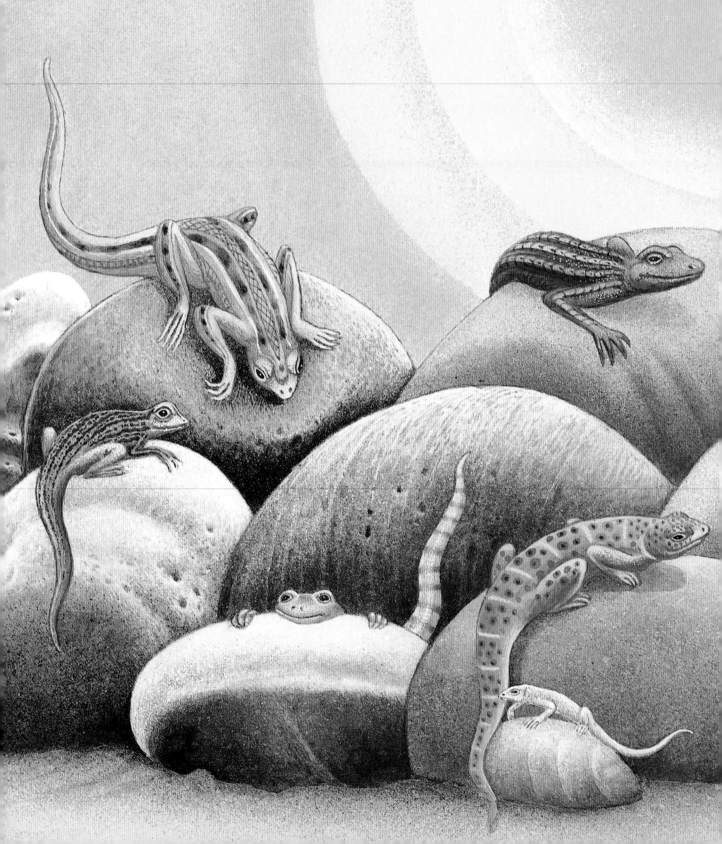

Y desde ese día, a todas las lagartijas les encanta dormir al sol. Les gusta recordar el día en que una de ellas encontró el escondite del sol y ayudó a que regresara a darles luz y calor a todos.

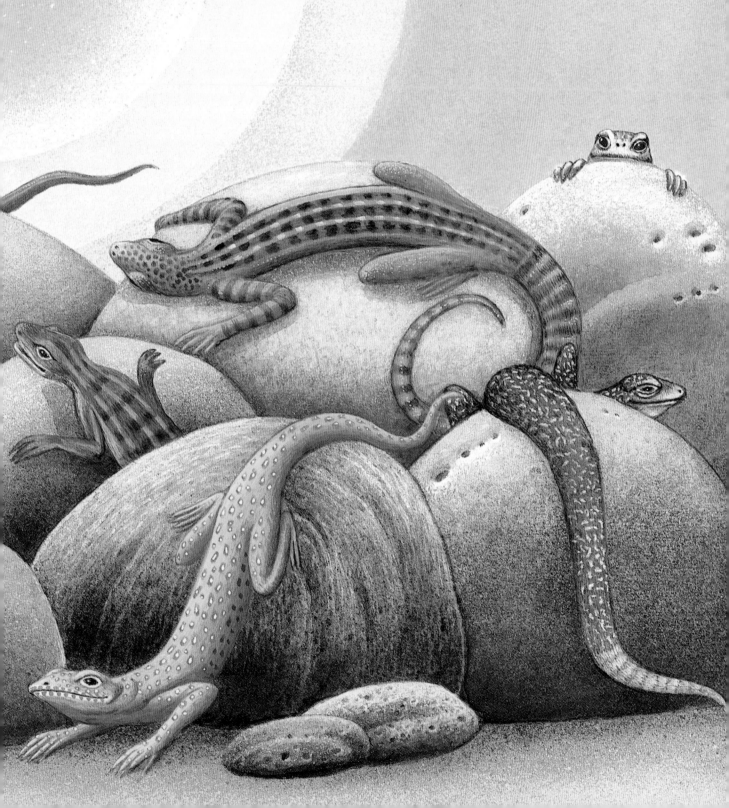

Author's Note

The indigenous people of America recognized the sun as the source of energy, warmth, and life. And in the rich treasury of beautiful legends and stories they created to explain natural phenomena there are many devoted to the sun. I read this story of the lizard that does not abandon her search for the sun a very long time ago in an old reading textbook. It was not longer than a paragraph. But I loved the idea of a tenacious young lizard, first because in my homeland there were many lizards and I always found them fun, but above all because I value tenacity.

The dual-language format reflects the coexistence of English and Spanish in the United States. I hope to awaken in children an interest in acquiring the gift of a second language.

Los pueblos de la América indígena supieron reconocer en el sol la fuente de energía, calor y vida. Y en el rico tesoro de hermosas leyendas y cuentos que crearon para explicar los fenómenos de la naturaleza hay muchas dedicadas al sol. La historia de la lagartija que no ceja en su búsqueda del sol, la leí muchos años atrás en un viejo libro de lecturas escolares, donde ocupaba apenas un párrafo. Pero me encantó la idea de la lagartijita perseverante, primero porque en la tierra en que crecí abundan las lagartijas y siempre me parecieron muy graciosas, pero sobre todo porque valoro mucho la perseverancia.

El formato en dos idiomas refleja la coexistencia en los Estados Unidos del español y el inglés. Mi esperanza es que contribuya a despertar en las niñas y los niños el deseo de adquirir el don de un segundo idioma.